Couverture inférieure manquante

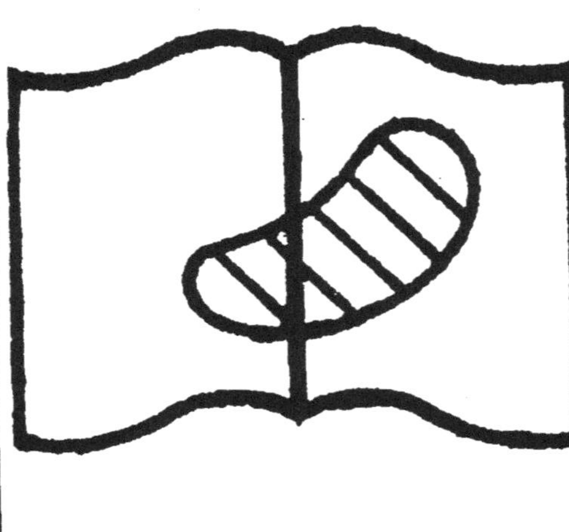

Illisibilité partielle

Début d'une série de documents en couleur

LES RÉCITS

DU

BONHOMME LOUIS

SUIVIS DE

CINQ CONTES

PAR

L. DE TESSON

TOURS

ALFRED MAME ET FILS

ÉDITEURS

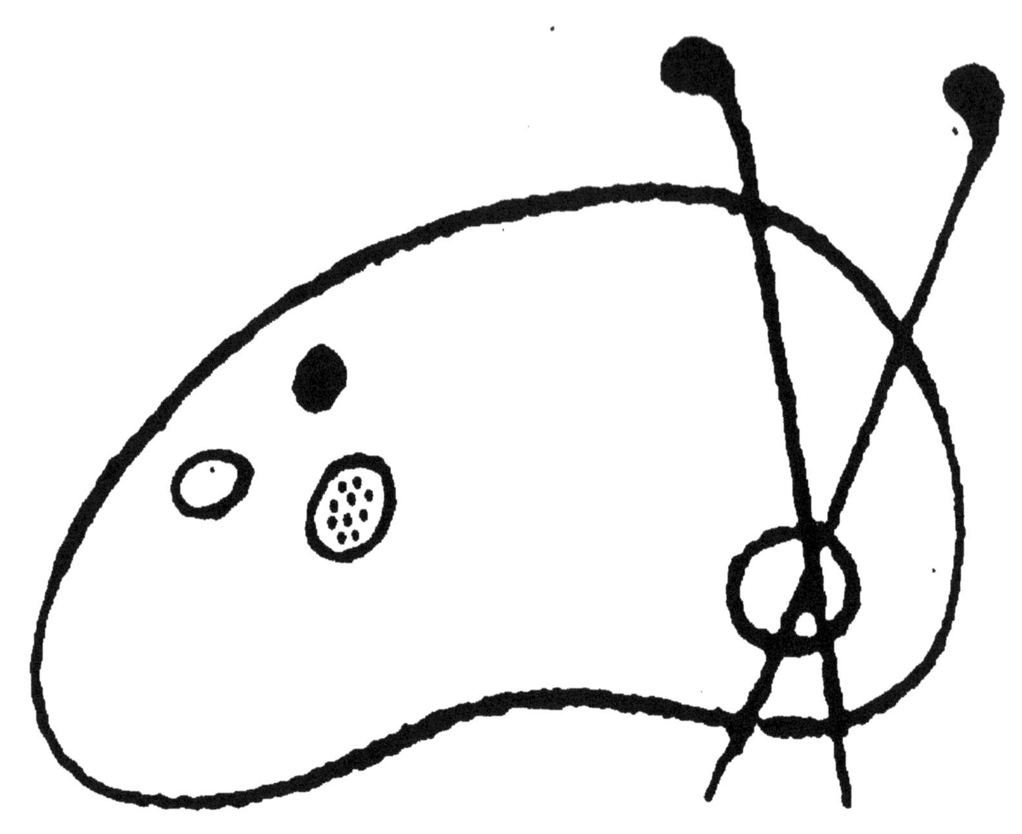

Fin d'une série de documents
en couleur

BIBLIOTHÈQUE

DE LA

JEUNESSE CHRÉTIENNE

APPROUVÉE

PAR Mgr L'ARCHEVÊQUE DE TOURS

5e SÉRIE IN-12

LES RÉCITS

DU

BONHOMME LOUIS

SUIVIS DE

CINQ CONTES

PAR

L. DE TESSON

TOURS

ALFRED MAME ET FILS, ÉDITEURS

1877

AU LECTEUR

DES RÉCITS DU BONHOMME LOUIS

Le bonhomme Louis est le patriarche et l'oracle de son village. Fils d'un honnête et laborieux agriculteur, exercé lui-même dès sa première jeunesse aux utiles travaux de la campagne, soldat pendant vingt ans, puis revenu avec bonheur à ses premières occupations, il a beaucoup vu et beaucoup retenu. Il n'a pas laissé se dissiper les résultats de cette longue expérience et les trésors de sa mémoire. Il en a recueilli une partie sous la forme de contes.

Ces contes, on le reconnaîtra sans peine, sont empreints d'une véritable et tendre affection pour les enfants. Leur auteur (qui ne s'est point nommé) n'a songé qu'à eux, et s'est oublié lui-même, ce qui n'arrive pas à tous les auteurs. Il n'a pas tenu à faire preuve de savoir et de talent, et à paraître neuf; il n'a pas craint de puiser aux sources vulgaires. Suivant lui, le Créateur a voulu que dans la nature tout objet renfermât un certain genre d'instruction. Dieu a placé de belles, de touchantes leçons dans les objets les plus communs, dans ce que nous comprenons tous, riches ou pauvres, savants ou ignorants.

C'est là que le bonhomme Louis a puisé

afin de développer dans les jeunes cœurs cette naïve rectitude si propre à nous rendre heureux à tout âge.

Espérons que les enfants liront les récits de ce vieux soldat avec autant de plaisir qu'il en a eu lui-même à les composer.

LES RÉCITS

DU

BONHOMME LOUIS

LE SOLEIL LEVANT

Un sage instituteur alla, par un beau jour de printemps, se promener dans la campagne. Ses deux fils le suivaient. C'était précisément à l'heure du lever du soleil. Les sommets des montagnes brillaient dans la pourpre du matin, une douce clarté se répandait dans la vallée, et les oiseaux entonnaient leur joyeuse chanson pour saluer le jour naissant. Alors le père leva pieusement les yeux vers le ciel, et, l'âme tout émue, il dit :

« Voyez, mes enfants, avec quelle magnificence le soleil monte à l'horizon. Il verse la lumière et la chaleur pour faire éclore les fleurs et mûrir les fruits, et réjouir le cœur de l'homme.

« Que le soleil, mes chers enfants, nous serve de modèle dans notre pèlerinage terrestre. Ce qu'il est pour le monde, chaque homme doit l'être aussi, à la place que la main de Dieu lui a assignée. Répandre les bienfaits et la bénédiction comme notre Père qui est aux cieux, et en son nom, telle est la sublime vocation de l'homme sur la terre.

« Le soleil fait descendre ses rayons bienfaisants sur les bons et sur les méchants, sur la cabane du mendiant comme sur le palais du roi, et se réfléchit dans la goutte de rosée aussi bien que dans le vaste Océan.

« Qu'il en soit de même du cœur de l'homme; qu'il fasse du bien à ses amis et à ses ennemis; qu'il aime et qu'il honore les petits et les pauvres, tout aussi bien que les grands et les riches, car ils sont tous les enfants du même Père qui est aux cieux.

« Le soleil accomplit sa tâche quotidienne, de son lever à son coucher, sans fatigue et sans ennui : il parcourt sa carrière avec un visage toujours joyeux. En cela encore qu'il serve d'exemple à la charité de l'homme. Ne gâtons jamais nos bienfaits par de dures paroles, qui font mal à l'âme souffrante; mais faisons le bien sans humeur et avec un air joyeux; car Dieu aime par-dessus tout celui qui donne avec joie. »

Quand le sage instituteur eut ainsi parlé, il regarda ses fils avec tendresse et demeura en silence. Mais les deux enfants lui dirent :

« O mon père, nous nous souviendrons de vos paroles; nous voulons faire du bien dans notre course ici-bas, comme le soleil dans sa course céleste. »

TOUT DÉPEND

DE LA BÉNÉDICTION DIVINE

Une sécheresse opiniâtre régnait depuis longtemps dans le pays, et une chaleur pesante accablait les laboureurs et le voyageur épuisé. Le ciel paraissait être comme fermé ; car depuis plusieurs semaines il n'était pas tombé de pluie, et le matin on ne voyait sur les fleurs et sur les feuilles aucune goutte de rosée. La terre desséchée était coupée par de larges crevasses et soupirait après la pluie, et les moissons semblaient languir et mourir.

Cependant les enfants d'Hermann, le brave régisseur de Buchheim, s'en allaient tous les soirs dans le petit jardin où ils élevaient de leurs mains les plus belles fleurs, et chacun portait à son bras un petit arrosoir rempli d'eau, et ils arrosaient les fleurs avec le soin le plus diligent. Mais, hélas ! c'était inutile; car les rayons brûlants du soleil avaient bientôt desséché de nouveau les plates-bandes humectées, et l'on voyait pendre les feuilles fatiguées et flétries; alors les enfants abaissaient tristement les yeux sur leurs plantes frêles et languissantes.

Mais, pendant une nuit, il vint à tomber une pluie salutaire, qui désaltéra le sol aride et rafraîchit les campagnes et les jardins.

Les enfants virent alors leurs plates-bandes briller d'une nouvelle beauté; car les fleurs à demi mortes s'étaient relevées, et répandaient de nouveau autour d'elles le plus doux parfum. A cette vue, les enfants sautèrent tout heureux, et se réjouirent de trouver ainsi renouvelé l'aspect de leur jardin.

« Voyez donc, mon père, dit Edmond, le fils aîné; nous avons si souvent arrosé nos fleurs avec tant de soin, et pourtant elles se seraient toutes flétries sans cette pluie bienfaisante.

— Oui, sans doute, répondit le père; car c'est en vain que le jardinier répand de l'eau si le ciel n'arrose pas la plate-bande; et ce qui vous est arrivé pour la culture de vos fleurs vous arrivera de même à chaque œuvre que vous entreprendrez.

« Si la bénédiction d'en haut n'accompagne pas toutes vos actions, vous ne pourrez rien conduire à bonne fin, quels que soient vos efforts et votre habileté; car sans le secours de la bénédiction divine toute peine est perdue.

« Quand le Seigneur ne bâtit pas la maison, les ouvriers travaillent en vain. »

Ainsi parla le père.

« Et quand le Seigneur ne garde pas la ville, les gardiens veillent en vain, » ajouta la mère pieuse et sensée.

« C'est pourquoi, mes chers enfants, conclut le père, souvenez-vous toute votre vie de ce que je vais vous dire : Faites bien fidèlement, toujours et en toutes choses, ce que vous pouvez, et implorez la bénédiction du Ciel. Le Ciel suppléera libéralement ce qui manque à votre faiblesse. »

CAIN ET ABEL

Un père pieux avait un fils bon et aimable, nommé Ferdinand. Il donna un jour pour cadeau de Noël à ce fils une belle image élégamment encadrée et recouverte d'un verre. L'image représentait le premier sacrifice de Caïn et d'Abel.

Caïn était à genoux devant l'autel sur lequel brûlait la victime, et son visage était affaissé et pâle; il baissait la tête d'un air inquiet et troublé, et n'osait pas lever au ciel ses yeux farouches.

Le pieux Abel était aussi là, agenouillé devant l'autel et devant l'offrande qui se consumait. Il avait les mains jointes, tournait vers le ciel son visage joyeux et serein, et dans ses grands yeux clairs et purs brillait, avec un doux éclat, l'innocence de son cœur.

Ce précieux cadeau causa une joie inexprimable à Ferdinand, et il baisa avec respect la représentation du pieux Abel.

« Mais, mon père, demanda tout à coup l'enfant quand il eut regardé son image avec plus d'attention, pourquoi la fumée du sacrifice de Caïn ne monte-t-elle pas aussi vers le ciel, comme celle du sacrifice d'Abel?

— Mon cher enfant, répondit le père, cela signifie que le sacrifice de Caïn ne fut pas agréable aux yeux du Seigneur, parce que Dieu ne considère pas le don, mais le cœur de l'homme. Or, Caïn était méchant; et son cœur n'était pas avec Dieu; car il était souillé des péchés de la terre. Voilà pourquoi la fumée de son sacrifice descend et rampe sur la terre. Le sacrifice d'Abel, au contraire, Dieu le regarde avec des yeux propices, parce qu'il était pieux et innocent, et que son cœur était dans le ciel. Voilà pourquoi la fumée de son offrande monte tout droit dans les nuages du ciel.

« Il en est, mon fils, de la prière de l'homme comme du sacrifice des deux premiers frères ; le bon Dieu ne considère point les paroles de celui qui prie, mais son cœur.

« Quel que soit celui qui prie, si son cœur se détourne de Dieu et s'attache aux vanités et aux plaisirs de ce monde, sa prière alors n'est que paroles vides, et une telle prière ne peut pas monter au ciel et y être exaucée.

« Mais si avec notre prière nous élevons en même temps notre cœur de la terre au ciel, notre prière pénètre les nuées, et les saints anges la portent devant le trône de Dieu, pour qu'il nous soit fait selon notre pieuse demande. »

LE BERCEAU DE VERDURE

Melchior s'était fait de ses propres mains, dans le jardin de son père, un berceau de verdure avec un banc composé de pièces de gazon toutes fraîches. C'était là qu'il se tenait le plus volontiers, et il ne se passait pas de quart d'heure qu'il ne courût à son nouvel édifice, et ne se donnât le plaisir de contempler l'heureux fruit de son travail. Mais un matin qu'il y vint, selon sa coutume, il trouva le berceau détruit, et les débris de son joli banc de gazon étaient là épars sur le sol. Melchior, à cette vue, pleura de douleur et de colère. Un voisin, qui se trouvait précisément à cette heure dans son jardin, entendit pleurer Melchior, et dit avec compassion :

« Pauvre Melchior, je suis arrivé hier tout juste au moment où un méchant garçon renversait ta maisonnette ! Il s'est enfui en entendant mes cris ; mais ton édifice était déjà abattu. Celui qui a fait le mal c'est ce petit berger qui garde là-bas ses moutons dans la grande prairie. »

En entendant ces mots, Melchior se hâta de courir, plein de colère, vers la prairie.

Attends, se disait-il, mauvais garnement, ce ne sera pas impunément que tu m'auras ainsi gâté mon plaisir ! Car il avait résolu de battre comme il faut le petit berger. Mais quand il arriva à un ruisseau qui était sur son chemin, et qu'il traversa le petit pont, il sentit se réveiller en lui la voix de la conscience, car c'était un enfant pieux.

Il s'arrêta auprès du ruisseau, qui serpentait doucement à travers le vallon : sur ses bords étaient quelques agneaux qui paissaient parmi le gazon émaillé de fleurs, et buvaient l'eau du ruisseau. Cette vue remua le cœur du bon Melchior, et il se dit à lui-même :

Ah ! comme ce petit ruisseau coule tranquillement et sans bruit ! Comme ces agneaux qui paissent ensemble sont d'accord et paisibles ! Et moi, qui suis un homme, fait à l'image de Dieu, j'ai le cœur plein de trouble et de pensées hostiles !... Non ! non ! ajouta-t-il, je ne le battrai pas ; je ne veux pas lui rendre le mal pour le mal ; car il n'y a rien de plus beau et de plus noble que de pardonner et d'aimer. Oui, je lui ai pardonné, et je prie le bon Dieu, qui est dans le ciel, de lui pardonner aussi.

Quand il se fut ainsi parlé, il retourna tout joyeux sur ses pas, et se mit à rebâtir son berceau et son banc de gazon. En trois jours l'ouvrage fut achevé, et il contempla son nouvel édifice avec plus de plaisir encore qu'auparavant.

Chers enfants qui lisez ce récit, vous approuverez sans doute aussi la belle action de Melchior ; mais ne vous contentez pas de cela : agissez comme lui.

LE MYOSOTIS

(*NE M'OUBLIEZ PAS*)

Catherine était tendrement aimée de sa mère; car elle lui obéissait en toutes choses, et cherchait à toujours lui être agréable. Un soir, elles étaient assises ensemble sur une colline qui s'élevait derrière leur maison. Au pied de la colline coulait un clair ruisseau, dont les bords, à droite et à gauche, étaient ornés des plus jolies fleurs. La petite fille descendit, en sautant, jusqu'au ruisseau, cueillit un bouquet de myosotis (*ne m'oubliez pas*), puis s'empressa de le porter à sa mère, se jeta à son cou, et lui dit avec tendresse :

« Ne m'oubliez pas, ma bonne mère, ne m'oubliez pas.

— Comment pourrais-je t'oublier? dit la mère tout émue, tu sais bien que je t'aime de tout mon cœur, et que je t'aimerai toujours, si tu restes bonne et obéissante comme tu l'as été jusqu'ici.

— Oh! certainement, toute ma vie, ma chère mère, » dit Catherine; et elle baisa la main de sa mère.

« Mais, ma fille, dit après un moment de réflexion la bonne et ingénieuse mère, si ces petites fleurs te font penser naturellement à me demander de ne pas t'oublier, combien plus ne te disent-elles pas à toi-même de ne pas oublier notre Père qui est aux cieux, lui qui a donné une si charmante parure aux fleurs des champs; et non-seulement à ces fleurs, mais à tout ce que tu vois : à cette belle prairie du vallon, à l'abeille diligente qui bourdonne autour de nous, et là-bas à ce riche champ de blé avec ses épis, à ce brillant papillon qui voltige au-dessus! Tout ce qui est dans la nature, les plus grandes choses comme les plus petites, tout a été fait par le bon Dieu avec une admirable perfection pour l'utilité et la joie de l'homme, et l'on dirait que son doigt divin a écrit sur chaque œuvre de la création : O homme ! ne m'oublie pas.

— O le cher et bon Dieu ! » s'écria Catherine avec une vive émotion. La mère reprit :

« Ce n'est pas seulement l'univers qui nous rappelle Dieu. Toutes nos joies et toutes nos souffrances sont un *ne m'oubliez pas* qui nous vient de la main du Père céleste : car c'est lui qui nous envoie les unes et les autres, pour que nous nous souvenions de lui, et que nous ne cessions d'être ses fidèles enfants, comme il est notre fidèle Père.

« Puisses-tu, ma chère enfant, à tout ce que tu verras de beau désormais, et à tout ce qui pourra t'arriver, élever tes yeux et ton cœur vers le ciel et ne jamais oublier le bon Dieu, mais vivre toujours comme sous ses yeux !

— Oui, ma bonne mère, dit Catherine. Jamais je n'oublierai le bon Dieu, et toujours je vivrai sous ses yeux.

— Tiens fidèlement ta promesse, répondit

la mère, et ton espoir en Dieu ne sera pas trompé. Toutes les fois que tu cueilleras un myosotis, dis au fond de ton cœur :

« Dans cette petite fleur délicate et jolie; dans toute créature, grande et petite; dans la joie et dans la souffrance, dans le bonheur et dans le malheur, partout où je vais, partout où je suis, je trouve Dieu qui me dit : Mon cher enfant, ne m'oublie pas! »

L'HEURE DU REPOS

Un pieux gentilhomme nommé Gotthold alla, par un soir d'été, se promener dans la campagne voisine, et il emmena avec lui Philippe, son fils. C'était le temps de la moisson; les moissonneurs avaient eu fort à souffrir, pendant les six longs jours de la semaine, de l'ardeur du soleil, et leurs fronts avaient été trempés bien souvent d'une amère sueur. Tout à coup, du clocher du village on entendit retentir la cloche du repos. A ce son plus d'un moissonneur se hâta de jeter loin de lui sa faucille, et, agitant en l'air son chapeau, se mit à pousser des cris de joie. D'autres s'étendirent par terre, essuyèrent la sueur de leur front, et, le cœur tout joyeux, levant les yeux au ciel, ils remercièrent le bon Dieu de leur avoir donné la force et la santé nécessaires au travail, et de leur accorder maintenant la soirée du repos.

« Vois-tu, mon fils, dit alors Gotthold, dont le cœur était ému, vois-tu comme le mercenaire fatigué aime le bruit de la cloche qui lui annonce l'heure du repos ? Car, après le travail, le repos lui paraît bien doux ; et quand il revient à la maison, je le reçois avec bonté, et lui paie d'un air joyeux son salaire. Et quand la moisson est finie, je donne une fête aux moissonneurs diligents, pour qu'ils puissent, leur tâche une fois accomplie, se réjouir de leurs efforts.

« Mais, dis-moi, mon cher enfant, penses-tu que le paresseux puisse jouir du repos du soir avec une joie aussi intime que le travailleur fidèle épuisé de fatigue ?

— Oh ! non, mon cher père, répondit Philippe ; sans doute il baisse les yeux vers la terre et soupire avec inquiétude ; car ce n'est pas à la joie et au salaire, mais au mécontentement et aux reproches qu'il doit s'attendre.

— Oui, mon fils, et tu as là devant les yeux une image du sort éternel de tous les hommes. Car on peut comparer la vie à un long jour de travail, et nous sommes tous les serviteurs d'un même maître, du Maître commun qui est aux cieux, et qui a donné à chacun de nous sa tâche de chaque jour. Un jour l'heure sonnera où la trompette des saints anges annoncera à toute chair le soir du repos, et convoquera tout ce qui porte le nom d'homme au pied du trône de la justice.

« Quelle joie ineffable ce sera alors pour le bon travailleur qui sera trouvé fidèle ! car il entendra cette douce parole : « Sois béni, « ouvrier fidèle; reçois maintenant, pour ta « fatigue et tes efforts, le salaire de l'éter« nité ; entre dans la joie de ton Seigneur. »

« Mais, au contraire, l'heure solennelle du repos remplira d'angoisse et de terreur le travailleur infidèle ; car il faut qu'il s'attende à cette effrayante sentence : « Liez les « mains et les pieds de l'ouvrier infidèle, et

« jetez-le dans les ténèbres extérieures, où il « y aura des hurlements et des grincements « de dents. »

— Oh ! mon cher père ! répliqua l'enfant ému, je suis saisi d'horreur en me représentant le sort de ce malheureux. Mon Dieu, je veux devenir un serviteur fidèle ; oui, mon excellent père, je le veux. »

Alors le père saisit la main de l'enfant, et lui dit, tout pénétré de joie :

« Que Dieu bénisse tes bonnes résolutions, mon fils, pour qu'elles se changent en actions ! »

LA PIQURE D'ABEILLE

Guillaume s'était lié avec un méchant condisciple. Ses parents lui avaient plusieurs fois interdit cette société, mais toujours en vain. A la fin, son père, en homme prudent, lui défendit ces dangereuses relations, et le menaça de la manière la plus sérieuse de le punir sévèrement, si on le voyait encore une seule fois avec ce méchant garçon. Alors Guillaume ouvrit son âme à la mauvaise humeur, et s'éloigna de son père avec des pensées de révolte ; car son mauvais compagnon n'avait déjà que trop gagné l'affection de ce pauvre enfant.

Le soir du même jour, Guillaume se trouvait dans le jardin, non loin de son père et de l'endroit où étaient les abeilles, et il examinait ces insectes laborieux à l'entrée de la ruche que son père lui avait donnée à son dernier jour de fête. Il aperçut une fourmi qui précisément sortait de la ruche, emportant son butin. Aussitôt Guillaume leva de terre un petit bâton :

« Attends, voleuse, ennemie des abeilles ! je t'apprendrai à les troubler par tes rapines continuelles. »

En disant ces mots, il tua la fourmi.

Au même instant, une abeille que son souffle avait éveillée vola sur lui et le piqua à l'oreille :

« Ah ! mon Dieu ! » cria-t-il.

Et il courut à son père, dont la main secourable tira l'aiguillon de l'oreille blessée.

« Bête ingrate, dit Guillaume irrité, je t'ai fait du bien, et en retour tu m'as fait du mal ; mon intention était bonne, et tu m'as payé de mon bienfait par une douloureuse blessure.

— Guillaume, lui dit alors son sage et

excellent père, n'as-tu pas été aujourd'hui tout aussi ingrat que l'abeille? Mes intentions étaient-elles moins bonnes pour toi lorsque je t'ai défendu de fréquenter un vaurien? Les mauvaises sociétés sont le fléau de la jeunesse, et elles tuent, sans même qu'on s'en doute, l'innocence du cœur. Vois-tu, mon ami, les parents savent mieux que les enfants ce qui peut vous être utile ou nuisible, et lors même qu'ils vous défendent des choses qui vous sont chères et agréables, ils vous font du bien; et pourtant alors, bien souvent vous leur causez des soucis et du chagrin par votre indocilité. »

Guillaume fut touché des paroles de son père, et lui promit sincèrement de ne plus l'affliger par une semblable révolte.

LE LIERRE

Un jardinier avait dans son jardin un pommier qu'il aimait plus que tous les autres arbres du jardin, parce qu'il portait les fruits les plus beaux et les plus savoureux, et qu'il n'avait pas laissé passer une seule année sans donner sa récolte. Edmond, le petit garçon du jardinier, aimait beaucoup aussi cet arbre, et le dégageait avec soin des chenilles et des vers.

Mais voilà qu'un joli pied de lierre se mit à croître autour du pommier, à la grande joie de l'enfant, à qui il n'en parut que plus beau. Il dit, tout heureux, à son père :

« Venez donc, mon père, et voyez le nouvel ornement dont s'est revêtu notre cher arbre. »

Le père vint, et vit le lierre épais qui s'était attaché à l'arbre.

« Mon enfant, dit-il, ce que tu prends pour un ornement n'est qu'un parasite funeste, et il faut que nous l'arrachions avec sa racine.

— Mais, mon père, répliqua le fils, c'est pourtant si joli ! Voyez comme ces feuilles d'un vert brillant font un bel effet sur la sombre écorce qu'elles revêtent. »

Le père répondit :

« Quelque agréable que te paraisse ce vert brillant, tu sais bien que tout ce qui reluit n'est pas or. A mesure que cette mauvaise plante, d'une si belle apparence, se développe et prend le dessus, elle étreint l'arbre et le fait mourir. De même si auprès de la vertu croît le vanité frivole et égoïste, à mesure qu'elle s'accroît, elle ôte à la vertu sa séve et ses forces, et celle-ci finit par succomber. L'homme se plaît dans sa vanité, et il ne se sépare qu'avec peine des frivoles illusions de son orgueil ; mais la vertu ne peut subsister si elle n'a l'humilité pour compagne. »

Ainsi parla le père, et il délivra l'arbre du parasite qu'il nourrissait à ses dépens.

LES PLATES-BANDES

Jacques et sa sœur Gertrude aimaient beaucoup les fleurs. Ils prièrent leur père de vouloir bien leur donner une plate-bande, et leur père leur en donna une à chacun dans son jardin, et les enfants y semèrent des graines de toutes sortes de fleurs, et ils arrosaient avec soin leurs chères semences. Ils restaient là quelquefois des heures entières, et attendaient avec une ardente impatience le moment de voir germer et sortir de terre tous leurs petits grains. Mais il y avait déjà plusieurs jours qu'ils attendaient, et rien n'était encore levé.

Alors les enfants commencèrent à s'attrister, et ils se dirent :

« Ah ! c'est en vain que nous avons ensemencé et arrosé nos plates-bandes; il ne nous vient point de fleurs. »

Mais, après quelques jours de pluie, étant sortis avec leur père pour visiter leurs jardins, ils virent que la terre s'était enfin soulevée et que leurs tendres petites plantes avaient poussé; et sur chacune d'elles était posée, comme une petite couronne, une goutte de rosée. A cette vue, les enfants ne purent modérer leur joie; dans leur ravissement, ils sautaient de tous côtés, et ils s'écrièrent :

« Hé ! voyez donc, cher père, voyez toutes ces richesses qui nous viennent à la fois. Nous avions guetté si longtemps, nous aurions été si heureux de voir comment les choses se passent quand les germes sortent de la terre ! et maintenant les voilà tous dehors et nous n'avons rien vu. »

Le père leur répondit :

« C'est toujours ainsi, mes enfants, que procède la main de Dieu. Tous les dons qui nous réjouissent, il les produit comme ces germes délicats et ces jolies fleurs, par des voies invisibles, et il cache avec soin la main qui les crée et qui nous les offre.

« La bonté de Dieu dans la nature ressemble à une tendre mère. Quand tout dort déjà dans la maison, seule elle veille encore, et prépare à ses chers enfants toutes sortes de bonnes et douces choses, *paisiblement et en secret.* Puis, lorsque, au matin, les enfants se réveillent, les présents sont là devant eux, et ils s'en réjouissent, et ils sautent tout contents, tout heureux, et la tendre mère sourit en voyant la joie de ses enfants.

« Que votre charité envers les hommes agisse de même, mes enfants ; que votre joie soit de faire du bien. Mais ce bien, faites-le sans bruit et en secret, imitant la bonté de Dieu dans la nature.

« Celui qui publie ses bienfaits au son des timbales et des trompettes, comme autrefois les pharisiens, celui-là a perdu devant Dieu et devant les hommes le mérite de ses œuvres de charité.

« Il n'y a que les dons faits sans bruit qui soient précieux aux yeux du Ciel, et vraiment doux au cœur de celui qui les reçoit. Car, dans le bienfait, ce qui fait vraiment du bien, ce n'est pas tant le don lui-même que l'amour de celui qui donne en sachant se taire et cacher sa main bienfaisante. »

L'ARBRE DE MAI

Les jeunes gens d'un village plantèrent un jour un arbre de mai. Ils choisirent pour cela le bouleau le plus beau du bois voisin, et le dressèrent au milieu du village. L'arbre s'élevait au-dessus de toutes les maisons; on l'orna de rubans de soie de toutes couleurs, de clinquant et de clochettes. Le clinquant et les rubans s'agitaient avec bruit au vent, et les petites clochettes rendaient les sons argentins les plus agréables.

La jeunesse du village se groupait alentour, et dansait toute joyeuse et toute fière de voir son arbre si bien paré.

Mais quand l'arbre de mai fut demeuré pendant huit jours à la chaleur du soleil, sa beauté disparut tout à coup, son feuillage vert se fana et tomba, et ses branches desséchées pendaient, flétries et mortes, le long du tronc.

Théophile, le jeune fils du maître d'école, courut tout affligé à la maison, et dit à son père :

« Ah ! comment peut-il se faire que cet arbre, si beau tout à l'heure, soit devenu tout à coup si laid, si défiguré ? Quel dommage que tout cet or, ces rubans et ces clochettes soient là pour orner un arbre aride et mort !

— Mon enfant, répondit le père, c'est que l'arbre, vois-tu bien, étant séparé de ses racines, ne peut plus pomper les sucs de la terre, ni la rosée et la pluie du ciel; et les rayons du soleil, qui autrefois lui faisaient tant de bien, ne sauraient plus que hâter sa mort.

« De même, mon fils, pour ce qui regarde notre vie surnaturelle, Dieu est la seule et véritable racine à laquelle il faut que nous demeurions unis par des liens intimes, si nous voulons que nos actes soient agréables au ciel; car sans la grâce nous ne pouvons ni vouloir ni accomplir quelque chose qui lui plaise. Mais si l'homme, par une conduite impie, se sépare de Dieu, alors il est mort à la vie d'en haut, et son impiété lui ôte sa véritable et céleste beauté, son éminente dignité, eût-il d'ailleurs de brillantes qualités naturelles, fût-il orné d'avantages extérieurs ainsi que d'or et de soie, et dût la parole de sa bouche retentir aussi agréablement que le doux son des clochettes. »

LA VIE HUMAINE

Le digne curé de Blumenbach était assis un dimanche, après vêpres, sous le grand tilleul voisin de la cure. Les petits garçons d'un côté, les filles de l'autre, s'étaient réunis autour de lui pour assister à la leçon qu'il leur faisait tous les jours de repos, et ils écoutaient avec beaucoup d'intérêt et d'attention leur vénérable pasteur, car il les instruisait avec amour et autorité.

Huit jours auparavant il leur avait beaucoup parlé de la vie humaine, et il avait donné comme tâche à son jeune auditoire de lui trouver pour le dimanche suivant une comparaison bien applicable à ce sujet.

« Eh bien, mes enfants, dit-il aux garçons, à quoi comparez-vous la vie humaine?

Alors Paul, le fils du syndic du village, se leva d'un air respectueux et dit :

« Je trouve la vie humaine semblable à un jeu de quilles. Aussi longtemps que dure le jeu, le roi est là au milieu, plus grand, plus beau, et comptant plus que toutes les autres quilles. Mais, quand le jeu est fini, on le jette comme tous les autres dans la fosse voisine. De même, dans la vie humaine, il y a des personnes importantes, considérables, et tenant bien plus de place dans le monde que les petits et les pauvres, qui auprès d'elles excitent bien peu d'attention. Mais la mort met fin à ces différences, et dans le sein de la terre le grand repose auprès du petit, sans aucune distinction.

— Ta comparaison est juste et bonne, mon cher Paul, dit le curé satisfait. Retenez-la, vous fils et filles de parents plus riches, et ne méprisez jamais, pour son indigence, votre frère plus pauvre; car la vie est courte, et dans l'autre monde il n'est tenu compte d'aucun des avantages de la terre, mais seulement de la vertu.

« Et vous, mes filles, à quoi comparez-vous la vie humaine? »

Rosine, la fille de l'intendant, se leva modestement, et dit :

« Je compare la vie à un fil. Quand je suis assise à mon petit rouet, je tire un fil après l'autre de ma quenouille, jusqu'à ce que ma bobine soit pleine, ou qu'il me plaise de rompre le fil.

« De même le bon Dieu donne à l'homme une année après l'autre, jusqu'à ce qu'il juge à propos de couper le fil de la vie.

« Le fil est mince et rompt bien vite, et souvent de même, en un rapide instant, c'en est fait de la santé et de la vie de l'homme.

« De plus, quelque habile que puisse être ma main, je ne suis pas capable de faire un fil sans qu'il s'y forme, malgré moi, plus d'un nœud, petit ou gros. De même le fil de la vie humaine n'est pas toujours égal et bien uni; mais la Providence a voulu que les peines et les souffrances y alternassent avec les jours heureux.

— Mais, ma chère Rosine, repartit le curé avec une joie manifeste, ta comparaison est aussi belle que vraie, et elle renferme pour vous, mes enfants, une double leçon.

« D'abord, considérez que la vie est fragile et courte; ensuite, apprenez à adorer la sagesse de Dieu dans tous les événements de la vie, dans les jours de la douleur comme dans ceux de la joie; car il ordonne toutes choses uniquement pour notre bien. »

LE PETIT ÉCLAT DE BOIS

Un père alla un jour avec son fils, tout jeune encore, dans un bois voisin. Petit Jean, c'était son nom, trottait gaiement d'un arbre à l'autre, et tout ce qui frappait ses yeux excitait et augmentait la joie de son cœur innocent.

Ils arrivèrent à un chêne que deux hommes vigoureux avaient entrepris d'abattre. Petit Jean prit plaisir à les regarder; il était tout heureux de suivre des yeux leurs grands coups de hache; jamais il n'avait vu abattre un chêne. Tout à coup, comme il les observait de trop près, un petit éclat de bois lui sauta dans l'œil. Le pauvre petit, effrayé, désespéré, courut à son père; il se frottait l'œil, et ses larmes coulaient abondantes le long de ses joues, et il ne put pas se tenir un moment en repos jusqu'à ce qu'enfin son père trouva le petit éclat et le tira de son œil avec beaucoup de précaution.

« Ah ! que nous sommes donc aveugles et insensés ! dit ingénieusement le père après quelques instants; la plus petite parcelle de bois dans l'œil ne nous laisse ni paix ni repos jusqu'à ce qu'elle soit dehors; mais la poutre dans le cœur, nous pouvons la garder de longues années sans nous inquiéter le moins du monde des moyens de nous en débarrasser.

— Mais, dites-moi, mon père, demanda l'enfant, qu'est-ce que c'est donc que la poutre dans le cœur?

— C'est, mon cher enfant, toute passion qui prive l'homme de la pureté et du repos du cœur : par exemple, une amère inimitié, l'amour des plaisirs coupables. Aussi, mon fils, souviens-toi toute ta vie de ce que je vais te dire : Si quelque chose trouble la paix et la sérénité de ton cœur, il faut que tu fasses diligence pour en être délivré, comme tu as fait pour ce petit éclat de bois dans l'œil. Car un cœur bon et sans malice vaut infiniment mieux qu'un œil sain et intact. »

LES FLEURS DU JARDIN

Un jardinier avait trois enfants fort aimables, qui s'appelaient Rodolphe, Albert et Lisette. Un jour, ils se promenaient gaiement dans le jardin, et prenaient plaisir à admirer l'éclat et la beauté des diverses fleurs.

« Dis-moi, mon cher frère, demanda tout à coup Rodolphe, quelle est la fleur qui te plaît le plus.

— Entre toutes, répondit Albert, c'est le lis qui l'emporte à mes yeux. Regarde, il est aussi pur que la neige fraîchement tombée, et brillant comme un doux rayon de soleil.

— Tu as mal choisi, mon frère, dit alors sa sœur Lisette ; quelle que soit la beauté du lis, il lui manque précisément ce qui nous fait surtout aimer les fleurs, une odeur agréable. Moi, je préfère beaucoup l'œillet : il est aussi beau, peut-être même plus beau que ton lis, et de plus il répand un délicieux parfum.

— Vous n'avez ni l'un ni l'autre fait le meilleur choix, mes amis, reprit Rodolphe, le frère aîné. Ma fleur favorite, c'est la rose ; car elle surpasse toutes les autres en beauté, et son odeur est bien plus délicate et plus douce que celle de l'œillet. D'ailleurs sa prééminence est reconnue depuis longtemps : elle est et demeurera toujours la reine des fleurs. »

Le père avait entendu leur discussion. Il leur dit : « Sans doute les fleurs ne sont pas également belles ; mais ce qu'il est bon de considérer, c'est qu'on admire seulement celles qui ont atteint leur degré normal de beauté et d'agrément. Les voit-on se gâter, soit en bouton, soit en fleur, et ne pas répondre aux soins qu'on leur prodigue, alors on les arrache les unes comme les autres, et on les jette dans la fosse où pourrissent les mauvaises herbes.

« De même dans le monde, qui est le jardin de Dieu, chacun de nous est une des fleurs que la main de Dieu y a plantées. Quelle que soit la condition de l'homme, qu'il soit ou un pauvre mercenaire, ou un bourgeois, ou un noble seigneur, ou un roi, il doit agir fidèlement selon la vocation que lui a marquée Dieu, qui ne fait pas acception des personnes, mais juge de la fidélité et du degré de vertu de chacun. Si l'homme manque à sa mission, s'il se livre à la corruption de ce monde, alors il est réprouvé aux yeux de Dieu, qu'il porte la couronne ou le sarrau de coutil.

LES ÉPIS DE BLÉ

Le jeune Augustin avait beaucoup de sagacité d'esprit. Tout ce qu'on enseignait à l'école, il le saisissait très-bien et très-rapidement, et l'emportait en savoir sur tous ses condisciples. Aussi le maître prenait-il grand plaisir à ses progrès. Mais il avait remarqué avec chagrin que cet enfant devenait chaque jour plus arrogant, plus présomptueux et plus vain : il regardait ses camarades de très-haut avec un orgueil dédaigneux, et sa bouche était toujours pleine de jactance et de paroles hautaines. Le maître déplorait la sotte fierté de son élève, et il se disait à lui-même : Que lui sert donc son intelligence et tout son savoir, sans la bonté et l'humilité du cœur ! Nous ne pourrons jamais rien faire de lui, s'il n'est guéri d'abord de sa folle vanité.

Il conduisit un jour l'enfant dans un champ de blé. On était au temps où les blés sont déjà mûrs, et çà et là on voyait des moissonneurs qui liaient des gerbes.

Ils s'étaient arrêtés devant de belles rangées d'épis que le vent agitait avec bruit.

« Mon cher Augustin, dit le maître, tu vois ici diverses sortes d'épis. Les uns dressent fièrement leur tête vers le ciel, les autres penchent la leur bien bas vers la terre. Dis-moi quels sont ceux que tu préfères ?

— Les premiers, répondit l'élève sans réfléchir longtemps. Ce qui est haut ne doit-il pas toujours l'emporter sur ce qui est bas !

— Il doit en être ainsi, ce semble, dit le maître ; mais tu sais bien que l'apparence nous trompe souvent. Approche et regarde. »

L'enfant s'approcha, examina les épis de plus près, et dit :

« Ah ! je me suis trompé ; tous ces épis qui

se dressent sont vides, et je n'y vois pas de grains ; mais ils sont pleins et féconds et tout chargés de grains, ceux qui s'inclinent ainsi vers le sol. »

Le maître reprit alors, et dit :

« Vois-tu, mon enfant, tu as là sous les yeux une image de l'orgueil et de l'humilité. Voudrais-tu, dis-moi, ressembler plutôt à ces tiges stériles et vides qu'à ces épis pleins et bénis? »

L'enfant se tut et baissa les yeux, tout honteux ; il prit à cœur les paroles de son maître, et commença dès lors à se montrer plus simple et plus humble. Il n'en devint que plus cher à son maître et à tout le monde ; car on le voyait croître chaque jour en douceur et en modestie.

LES VIOLETTES

Un fermier, pour rendre fertile un fonds marécageux qui ne produisait que de la mousse, l'avait desséché à force de peines et de dépenses. Un jour il sortit avec son fils pour aller voir cette terre désormais assainie. Elle était toute couverte d'une herbe abondante, et parmi l'herbe fleurissaient d'aimables violettes.

Gai comme un oiseau, le petit garçon courait d'une fleur à l'autre, et il eut bientôt rassemblé un joli bouquet, qu'il apporta à son père pour qu'il eût le plaisir de respirer cette douce odeur.

« Mon père, dit-il en le lui donnant, est-ce aussi vous qui avez planté ces violettes?

— Je n'ai planté, répondit le père, ni l'herbe ni les fleurs; j'ai seulement creusé des fossés pour sécher le marais, puis, le sol une fois sec, je l'ai fécondé avec un fumier bien gras. Mais c'est le bon Dieu qui a béni ma peine, et qui a fait croître ce riche fourrage pour nourrir nos troupeaux; quant aux violettes, elles ont poussé avec l'herbe pour nous réjouir par leur beauté et leur douce odeur.

« Vois-tu, mon enfant, quand nous travaillons bien et que nous accomplissons notre devoir, alors la bénédiction du Ciel ne nous accorde pas seulement le nécessaire et l'utile, mais encore l'agréable et le beau, pour que notre cœur soit heureux et satisfait. Car Dieu est amour, et il ne suffit pas à sa tendresse que ses enfants aient la nourriture nécessaire à la vie, il veut encore qu'ils se réjouissent, pour que leurs âmes, contentes, s'ouvrent d'autant plus facilement à la reconnaissance, et pensent avec amour à leur bon père. »

LA MONTAGNE

Dans une contrée entourée de montagnes, un père sage et vertueux habitait avec sa famille un beau domaine. Son fils aîné s'appelait Sigismond.

« Mon père, lui dit-il un jour, j'ai déjà douze ans, et jamais encore je n'ai gravi aucune de nos montagnes.

— Eh bien ! lui répondit le père, si tu es toute cette semaine bien diligent et bien docile, je te ferai volontiers ce plaisir au prochain jour de congé, et nous monterons ensemble sur l'une d'elles.

— Oh ! certainement, mon père, dit l'enfant, je serai bien docile. »

Le jour de congé arriva, et le père entreprit avec son fils l'ascension de la plus haute montagne des environs. Lorsqu'ils eurent monté pendant une demi-heure :

« Ah ! mon père ! dit l'enfant, comme je me sens fatigué dans tous mes membres, et que j'ai de peine à respirer ! »

Le père ranima son ardeur et lui dit :

« Allons, mon fils, du courage ! quand nous serons là-haut, parvenus à notre but, tu seras tout joyeux de t'être donné cette peine. »

Sigismond réunit toutes ses forces ; son père lui donna le bras pour lui servir d'appui, et ils arrivèrent ainsi heureusement au sommet de la montagne. Là ils s'assirent tous les deux à l'ombre des arbres, essuyèrent la sueur de leurs fronts, et tout en se reposant, ils regardèrent autour d'eux avec une vive jouissance le chemin long et ardu qu'ils avaient franchi.

L'air qui les entourait était pur et doux, et ils respiraient si aisément, qu'ils se sentaient comme renaître. Ils entendaient à peu de distance le murmure d'une source, et ils apercevaient parmi l'herbe mainte jolie fleur, mainte jolie baie que l'enfant n'avait jamais vues. Sigismond se leva pour aller boire à la source, et cueillit quelques fleurs et quelques baies. De la moitié des fleurs il tressa une belle couronne pour la rapporter à sa bonne mère; de l'autre il fit un bouquet, qu'il offrit à son père, en disant :

« O mon pèré, que je me trouve bien ici, et comme cette eau fraîche et pure m'a ranimé tout à fait! Je t'en prie, goûte de ces fruits, quelle saveur agréable! et prends ces fleurs, quel délicieux parfum! On n'en trouve aucune dans toute notre vallée dont l'odeur soit aussi forte et aussi bonne.

« Nous voilà payés de notre fatigue au delà de tout espoir.

— Oui, sans doute, mon fils, repartit alors son excellent père, et tu viens de te créer par ta propre expérience une fidèle image du chemin du salut.

« Ce chemin est aussi bien roide, bien difficile à parcourir; car il est dit que dure est la route et étroite est la porte qui conduit à la vie. Et ailleurs il est dit : Le royaume de Dieu souffre violence.

« Mais si nous faisons loyalement ce que nous pouvons, et demandons le secours de Dieu, le bon Dieu y ajoute, dans sa bonté, ce que nous ne pouvons pas. De même que je t'ai donné le bras pour t'aider à gravir la montagne lorsque tu commençais à te sentir fatigué et trop faible; de même la main invisible de Dieu est avec chacun de ceux qui marchent dans ce droit sentier, et des forces nous sont données d'en haut pour suppléer à notre impuissance, afin que nous ne succombions pas en chemin, mais que nous puissions, arrivés au but, nous livrer à la joie.

« Cette voie est pleine de luttes et de souffrances; mais elle mène aux joies du ciel. »

LES COUPS DE MARTEAU

Léopold était un enfant très-léger, mais plein de bonne volonté. Dans sa vivacité impétueuse, il ne pouvait rester nulle part en place ou en repos. Partout on le voyait bondir et sauter, et il n'était pas rare qu'il brisât les assiettes et les plats qui se trouvaient sur son chemin. Ses parents lui avaient souvent reproché son étourderie, et chaque fois Léopold avait promis d'être désormais plus calme et plus attentif; mais le pauvre enfant, dans sa légèreté, avait bientôt oublié derechef ses résolutions si arrêtées.

Un jour, ayant sauté rapidement sur un banc, il se heurta la tête contre un tableau, qui se détacha du mur et tomba par terre avec le clou. Le père entra justement dans la chambre au moment où Léopold, interdit et tremblant, regardait le tableau tombé, qui par bonheur n'était pas endommagé.

« Enfant étourdi, lui dit-il, voilà donc que tu as manqué de nouveau à tes belles résolutions?

— Mon bon père, dit Léopold en tendant vers lui ses mains suppliantes, pardonnez-moi cette seule fois encore, et jamais vous n'aurez à me reprocher une faute semblable. Permettez-moi d'aller chercher un marteau pour attacher le tableau à la même place. »

Le père le laissa faire, et Léopold revint bientôt avec le marteau, enfonça le clou en le frappant deux ou trois fois, puis se mit en devoir d'y suspendre le tableau.

« Ce que fait l'étourdi est fait à la légère et superficiellement. »

En parlant ainsi, le père prit lui-même le marteau et enfonça fortement le clou dans le mur à coups redoublés.

« Pourquoi donc, mon père, demanda Léopold, tant de coups, et de coups si forts ?

— Pour que le clou tienne solidement dans la muraille, répondit le père. S'il avait été mieux fixé, tu ne l'aurais pas si aisément détaché; et de même, si tes résolutions avaient été imprimées plus avant dans ton cœur, tu ne les aurais pas si vite oubliées de nouveau; car ce qu'est au clou le coup redoublé, le renouvellement des résolutions l'est au cœur humain. Il te semblait qu'après quelques coups de marteau le clou tenait déjà assez solidement; mais tu te trompais. Maintenant il peut porter même un lourd fardeau.

« Fais ton profit de cette leçon, mon enfant, et renouvelle sans cesse tes bonnes résolutions pour les garder de plus en plus profondément dans ton âme : alors tu ne les violeras plus si facilement. »

LA ROBE DE NOCE

Marguerite avait reçu une belle robe en cadeau de sa grand'mère. Elle était de soie blanche et brillante, parsemée de petites fleurs rouges élégamment brodées, et garnie sur les bords de fines dentelles. Cette robe causait à l'enfant une joie inexprimable. Elle la contemplait à chaque minute avec ravissement, et la montrait à toutes ses compagnes : ce beau présent était sa première pensée à son réveil, sa dernière avant qu'elle s'endormît.

Mais l'ayant mise pour la première fois à la noce de son frère, elle eut le malheur d'y faire une tache pendant le repas. La jeune fille pleura amèrement quand elle revint à la maison et qu'elle raconta cet incident à sa mère.

Quelque temps après, il lui arriva de gâter par deux autres taches la belle robe de noce. Elle en eut encore, il est vrai, quelque chagrin, mais beaucoup moins que la première fois, et elle ne versa même plus de larmes.

« Vois-tu, ma fille, lui dit alors sa prudente mère, qui avait remarqué cette différence, il en est de l'innocence de l'âme comme de ta belle robe.

« On estime et l'on ménage ce précieux vêtement tant qu'il est pur et sans tache. A la première souillure qui en altère la beauté, on se tourmente, on s'afflige. Mais enfin le mal est fait, et déjà on ne le ménage ni ne l'estime plus autant. On voit avec bien plus d'indifférence encore la seconde tache; on remarque à peine la troisième et la quatrième, et parfois il faut bien peu de temps pour que la belle robe de fête ne soit plus qu'un chiffon méprisé.

« Tremble donc, mon enfant, de faire un premier pas dans le mal ; trop souvent l'on s'habitue à l'iniquité. »

CINQ CONTES

PAR

L. DE TESSON

LE DIMANCHE

Notre dimanche, qui, comme jour férié, a remplacé le sabbat des Juifs, coïncidait avec le jour du soleil, qui, chez les païens, était aussi le premier de la semaine. De nombreux témoins de la résurrection du Sauveur existaient encore sur la terre au temps où les premiers chrétiens, en mémoire de ce grand événement, commencèrent à fêter le dimanche à la place du septième jour.

La liturgie décrite par saint Justin, qui se convertit au christianisme un siècle après la mort de Jésus-Christ, est conforme à ce qui se fait encore aujourd'hui dans nos paroisses.

« Le jour qu'on appelle du soleil, dit-il, tous « ceux qui demeurent à la ville ou à la cam- « pagne s'assemblent en un même lieu, et là « on lit les écrits des apôtres et des prophètes, « autant que l'on a le temps... »

Paul travaillait avec son père dans une carrière de granit; il brisait en petits morceaux, pour l'entretien de la grande route, les blocs informes qui ne pouvaient servir à un autre usage. Malgré le travail grossier auquel on l'appliquait, Paul, âgé de quinze ans, n'était pas un enfant ordinaire; son intelligence, la délicatesse de ses sentiments, l'élevaient au-dessus de sa condition.

« Vous ne me voyez pas ordinairement rougir de mon habit de travail, dit-il à son père; mais, je ne sais pourquoi, j'en suis tout honteux aujourd'hui; je lui trouve un air sale et déguenillé dont jamais je n'avais été choqué comme je le suis à cette heure. Il y a plus, je sens pour moi-même une sorte de compassion mêlée de mépris, comme si j'appartenais à un ordre de créatures déchues, entre l'homme et la brute. »

Au moment où Paul parlait ainsi, on entendait le son des cloches qui, du haut du campanile antique, appelaient les fidèles à la messe paroissiale, car c'était un dimanche; et, du fond de la carrière, la vue, en s'échappant du côté de la colline, s'arrêtait sur un sentier découvert parcouru par plusieurs groupes de paysans endimanchés qui s'acheminaient doucement vers l'église.

« Bah! dit le père, c'est apparemment parce que M. le curé et ses chantres endossent, à l'heure qu'il est, leur chape ou leur chasuble que tu vas avoir honte de travailler comme un homme; ce sont encore les niaiseries de ta mère qui te reviennent à l'esprit. Laisse-la conduire ses filles au sermon pour leur apprendre à craindre le diable et ses sornettes; quant à toi, il faut que tu deviennes un vaillant ouvrier, comme ton père. Qui travaille prie. Nous ne connaissons que ça, nous autres.

— Mon père, dit Paul, il est une justice que vous me devez : c'est de reconnaître que j'emploie toutes mes forces à vous aider dans vos travaux. Jamais, Dieu merci, je n'ai passé pour un paresseux. Quand j'allais à l'école, j'étais le plus grand piocheur de la classe; le maître le disait à qui voulait l'entendre. Mais, quand arrivait le jeudi, personne ne me surpassait aux barres ou à la boule. Eh bien! je voudrais profiter aujourd'hui du congé de Dieu, comme je profitais autrefois du congé de l'école; il me semble que je me sentirais meilleur et plus dispos tout le reste de la semaine. En vérité, mon père, je ne comprendrai jamais qu'on puisse mépriser le repos du dimanche. Quand donc l'ouvrier, qui a aussi un cœur et une âme faite à l'image de Dieu, pourra-t-il se recueillir dans la pleine jouissance de ce cœur fait pour aimer, de cette âme formée pour connaître et posséder la vérité, si le dimanche lui est ravi? Quand je pense que les trois quarts des hommes et la moitié de l'autre quart ont des maîtres qui les contraignent à de rudes travaux, comment ne bénirais-je pas la bonté de Dieu, qui a daigné intervenir entre le maître et l'esclave, entre le travailleur et sa propre cupidité, pour garantir au travailleur et à l'esclave ce jour de repos, qui nous est si doux et si nécessaire ?

— Sais-tu, mon garçon, dit le père subitement converti, que M. le curé ne prêche pas mieux que toi? Ce que tu dis là me rappelle une époque de ma vie qui n'était pas la plus mauvaise, si j'en juge par toutes les peines que j'ignorais alors et que j'ai connues depuis, sans y pouvoir trouver de consolation. Oui, tu as raison ; et mes meilleurs souvenirs en font foi :

« Le dimanche est un bon et beau jour pour ceux qui en usent selon les vues bienfaisantes de la Providence. J'ai été un ingrat jusqu'à cette heure, en refusant d'en profiter et de rendre à Dieu le pieux devoir qu'il réclame de nous dans cette solennité. Et quant à ceux qui exigent de l'ouvrier le sacrifice de ce jour donné de Dieu, ils sont bien cruels dans leur despotisme. »

LES PETITS OISEAUX

Laurent, bon et vénérable vieillard, était assis un jour d'hiver devant la porte de sa maison. La neige était épaisse sur la terre; mais ni vents ni nuages ne troublaient la sérénité du ciel, et le soleil, parvenu au point le plus élevé de son cours, répandait sur le vieillard une douce chaleur.

« Pierre, dit-il à son petit-fils, je voudrais un morceau de pain. » Et Pierre s'empressa de le servir. Alors, voyant des petits oiseaux s'abattre sur l'espèce d'arène que l'on avait formée en balayant la neige autour de son fauteuil, il émietta le morceau de pain, et prit plaisir à considérer les oisillons qui, se familiarisant peu à peu, vinrent à la portée de sa main se repaître de ce festin inespéré.

— Vous aimez ces petits oiseaux, dit Pierre; et leur instinct semble leur dire qu'ils ont en vous un protecteur.

— Oui, mon ami, reprit le grand-père, je trouve en ceci une image, une ombre gracieuse du bonheur que j'aurais ambitionné si le Ciel m'eût donné la richesse. Ces petites victimes de l'hiver me représentent les malheureux que mes bienfaits auraient appelés près de moi, et ce spectacle me réjouit.

— Mais, dit le jeune homme, ces petits oiseaux, agréablement parés, chaudement vêtus par la divine providence, agiles et gentils, ne ressemblent guère au pauvre mendiant couvert de sales guenilles, enlaidi et souvent avili par l'indigence.

— Il est vrai, mon ami, reprit le vieillard; et l'homme a le privilége d'étonner l'imagination par des misères dont rien n'approche. Mais si la divine providence semble avoir moins fait pour lui que pour les petits oiseaux, elle lui a donné dans les autres hommes, non-seulement des semblables, mais des confidents, des amis, des frères. En faisant de ses dons un inégal partage, le Père céleste a compté sur ce lien fraternel pour opérer parmi les hommes la diffusion de ses bienfaits. Malheur à nous! trois fois malheur! si l'ineffable Providence a compté en vain, et si l'horreur causée par une dégradation, souvent involontaire, nous fait méconnaître dans autrui les enfants de notre commun père, les cohéritiers des promesses divines! Le désordre ne saurait être l'œuvre de Dieu, et s'il est l'œuvre de l'homme, à lui le poids de toutes les malédictions qui en sont la suite; à lui la responsabilité des vices hideux, compagnons trop ordinaires de l'indigence, prétextes habituels des vicieux d'un autre ordre pour refuser leur pitié aux vicieux du paupérisme. »

Pendant cet entretien accourut un canard qui portait son jabot de travers, tant il était rempli. Mais telle est la voracité de cet animal, que jamais elle n'est assouvie. Le nouveau venu mit en fuite les petits oiseaux, pour dévorer ce qui restait de leur festin.

« Et ce glouton, dit Pierre, sera-t-il aussi, comme les petits oiseaux, l'image de quelque chose?

— Pourquoi non? il représentera fort bien le plaisir s'emparant avidement de notre superflu, au préjudice des dénûments sans nombre qui en auraient profité. Et lorsque la torpeur de la satiété a engourdi ses sens, il réclame encore, avec une avidité jalouse, les biens que lui contestent les plus nobles instincts. »

Lorsque le canard se fut éloigné, la main du vieillard s'étendit encore pour répandre une nouvelle pâture.

Survint alors un gros dindon, à l'œil morne et sanglant, image insolente de l'égoïsme le plus matériel et le plus stupide. La large bête tourna deux ou trois fois sur elle-même, et s'accroupit sur les miettes de pain, sans aucun souci de l'essaim affamé, ni des intentions charitables du vieillard.

« Pour celui-ci, dit le père Laurent, je le compare à l'avare faisant asseoir son ignoble et stérile instinct sur les trésors qui ne sont donnés à l'homme que pour les féconder au profit des autres et de lui-même. »

L'AIRE

Quiconque a passé les premières années de sa jeunesse dans les campagnes ombreuses de Bretagne ou de basse Normandie, doit avoir conservé un agréable, un poétique souvenir de ces réunions formées devant la ferme, dans les plus beaux jours de l'automne, pour achever la dernière et la plus pauvre des récoltes de l'année, celle du sarrasin, autrement appelé *blé noir*.

La matinée a été brumeuse et même froide; mais un peu avant midi les vapeurs se sont dissipées, le soleil a repris tout son empire, et l'on se hâte de mettre à profit ses dernières ardeurs pour faire tomber sous le fléau le grain qui doit fournir à la ferme son principal aliment.

Tout est en mouvement : les voisins sont appelés, car ils ont été aidés les premiers, ou bien ils le seront à leur tour; les enfants en vacance se promettent une bonne et pleine journée; l'ouvrière qui s'étiolait à la maison, penchée du matin au soir sur le linge ou l'étoffe qu'elle sait blanchir ou façonner, est elle-même conviée; elle apporte au milieu de ces fronts basanés le pittoresque contraste de son teint délicat, plus semblable au lis qu'à la rose.

Cependant les rôles sont donnés. Quelques hommes vont aux champs remplir les chariots, et les ramènent peu après semblables à des collines mouvantes. Le majestueux chargement est renversé au centre de l'aire; alors les batteurs, réunis par groupes de six ou de huit, tournent autour des gerbettes amoncelées, et frappent en cadence sur celles que des enfants empressés leur jettent incessamment. La paille égrenée, qu'il laissent derrière eux, est enlevée par des jeunes filles, et forme bientôt un rempart autour de l'aire. Sur cette paille viennent s'asseoir les vieillards, les enfants, et quelquefois le riche propriétaire de la ferme, accompagné de sa famille. On y voit aussi le pauvre malade qui attend avec anxiété l'heure où les dernières feuilles des bois auront été rejoindre celles qui déjà commencent à joncher la terre. Son triste maintien contraste avec les jeux des enfants, qui courent dans l'aire, grimpent, se roulent sur la paille amoncelée, y creusent des voûtes et des grottes secrètes, où ils se réunissent en mystérieux conciliabules.

Lorsque toutes les gerbettes ont passé successivement sous le fléau des batteurs, le balai achève de séparer la paille en débris du grain qui couvre la terre, et rassemble celui-ci en un monceau qui marque le centre de l'aire. Alors on se réûnit joyeusement autour d'une collation dont le cidre fait les principaux frais; puis les bœufs arrivent avec un nouveau chargement. On renverse celui-ci sur le monceau central, qui se trouve ainsi recouvert, jusqu'à ce que les batteurs soient venus à bout de cette seconde tâche. Le tas de grain reparaît alors, et se grossit d'un nouveau tribut; puis revient la collation, suivie d'un nouveau labeur; et ainsi jusqu'au soir.

Enfin, au moment où le jour baisse, les fléaux retentissent plus bruyants et plus accélérés;..... ils se taisent subitement, et aussitôt un cri sauvage, poussé par tous les batteurs à la fois, annonce à toute la contrée que la ferme vient d'achever sa récolte (1).

Le pain de sarrasin, la bouillie de sarrasin, la galette de sarrasin forment la principale nourriture du Maine, de la Bretagne et de la portion de la Normandie limitrophe à ces deux provinces. La galette est le mets favori auquel on convie volontiers les voisins et les amis: elle est pour le Breton et le bas Normand comme la choucroute pour l'Allemand, et le macaroni pour le Napolitain.

Frédéric, écolier de philosophie, eût cru ses vacances désenchantées, si, rebelle aux

(1) Les procédés pour le battage du grain sont très-variables; nous indiquons ici celui qui se pratique dans une partie des arrondissements d'Avranches et de Mortain, pour le blé noir.

habitudes de son enfance, il eût délaissé l'intéressant spectacle que nous avons tout à l'heure essayé de décrire. Une ferme peu distante de la maison de son père plaisait surtout à son noble cœur, à son âme candide et bienveillante. Il aimait, en ce lieu, l'activité soutenue des jeunes gens, leur franche gaieté aux heures du repos, et la convenance parfaite de leur langage, l'enjouement plein de modestie des jeunes filles, leur naïve politesse, la familiarité ingénue des enfants, la déférence respectueuse qu'ils témoignaient à la vieillesse, leur contenance attristée en présence de l'infirmité, de la misère ou de la souffrance, tout le charmait.

Frédéric, donc, averti par le retentissement des fléaux de la ferme, était venu, un livre à la main, s'asseoir sur la paille et renouveler amitié avec ses anciens voisins. Il était encore là au moment où furent frappés les derniers coups, où retentit le cri de victoire. Le tonnerre, qui grondait sourdement depuis quelques instants, put alors être entendu des batteurs; on s'empressa de jeter au vent le grain répandu sur le sol, pour le séparer des paillettes légères, de le balayer vers le monceau central, de le mettre dans des sacs et de le porter au grenier. Frédéric tenait trop à l'estime de ses voisins, se sentait trop excité par leur exemple, pour rester oisif pendant cette dernière scène; il eut constamment un balai ou un râteau à la main.

Bientôt de larges gouttes de pluie vinrent colorer la poussière et donner le signal de la retraite. Mais déjà la récolte était préservée. Tout le monde chercha un abri dans la grange, pendant que la fermière, aidée de ses filles, préparait le souper des batteurs; et, du fond de l'âme, chacun remercia le Ciel d'avoir préservé de tout mal le fruit des travaux de l'homme.

Après une nuit orageuse, un beau jour se leva : c'était un dimanche. Frédéric, invité à venir, après vêpres, goûter, sous forme de galette, le produit de la récolte nouvelle, fut exact au rendez-vous.

L'aire, entourée de son rempart de paille, servit de théâtre à des jeux de quilles, de boule, de galoche, et les jeunes gens se montrèrent aussi excellents joueurs que, la veille, ils avaient été bons travailleurs. Ce fut un grand contentement pour Frédéric de reconnaître, cette fois encore, que la Providence a donné la joie à l'homme des champs aussi bien, et plus généreusement peut-être, qu'à l'artiste aux prétentieux loisirs.

« Mon père, dit-il en rentrant à la maison, pourriez-vous me rendre compte de l'attrait que j'éprouve pour cette heureuse famille?

— J'aime ta question, dit le père; » et, après s'être recueilli un instant, il ajouta : « Vis-tu hier, au moment où le soleil modérait son ardeur, deux jeunes filles préparer sur le bord de l'aire, avec une attention délicate, un siége de paille? Puis elles allèrent au-devant d'un vieillard qui sortait de la ferme, soutenu par une autre jeune fille, et le firent asseoir à l'aise sur l'espèce de fauteuil adroitement disposé par leurs soins au pied d'un monceau de paille. Tu dus remarquer l'air radieux et vénérable de ce patriarche, et l'émulation que sa présence parut exciter parmi les travailleurs. Puis, quand le travail fut un instant interrompu pour la collation, on entoura le vieillard; il eut pour tout le monde, pour les enfants en particulier, un sourire bienveillant, des paroles affectueuses.

« Eh bien! mon ami, le bonheur et la paix dont tu as été charmé sont les bienfaits de cet excellent homme, les fruits de ses bons exemples et de sa vigilance. Ces dons inestimables de foi, de concorde, de pieuse docilité, de force et de constance, dont le tissu réalise la plus grande perfection du bonheur terrestre, tout cela, pour la famille de nos voisins, repose, depuis tantôt soixante ans, sur cette tête chargée maintenant de quatre-vingt-seize hivers. Ah! mon ami, que la face d'un vieillard est auguste, que sa voix est pénétrante, et combien il attire de bénédictions sur sa famille, lorsqu'il a passé en faisant le bien dans la simplicité de son cœur; lorsque, sur son front sillonné par l'âge, on retrouve encore les traits les plus délicats de l'enfance, ceux qui se traduisent par ces mots : simplicité, droiture, innocence! »

LA TABATIÈRE PATERNELLE

Malheureux sont les hommes dépourvus de mémoire, l'horizon se rétrécit incessamment derrière eux : privés du passé, ils se jettent dans les chimères de l'avenir; leur conversation est nulle, ou nourrie de lieux communs, de redites fastidieuses, d'abstractions incolores; l'affirmation leur est interdite, et, s'ils respectent la vérité, leur discours se charge et s'empêtre de formules dubitatives qui le rendent aussi stérile qu'ennuyeux. Toute affaire sérieuse leur est interdite. Sans cesse dépossédés de l'idée qu'ils voulaient mettre en action, ils manquent à leurs amis, à leurs devoirs, à eux-mêmes; et pour toute justification ils répètent, avec une sincérité injustement suspectée : « Je n'y ai pas pensé. » Plaignons les hommes dépourvus de mémoire.

M. Leblanc avait peu de confiance dans sa mémoire. Pour lui venir en aide, lorsqu'il appréhendait d'oublier quelque chose, il avait coutume de mettre, en guise de *memento*, un petit morceau de papier dans sa tabatière.

Un jour, M. Leblanc, ayant fort à se louer de la docilité de sa fille Mathilde et de ses attentions délicates pour sa mère, pour ses jeunes frères et pour lui-même, dit à cette chère enfant :

« Je vais demain à la ville; si j'ai le bonheur de ne pas oublier ma promesse, je t'apporterai une jolie ombrelle pour remplacer la tienne, qui n'est plus à la mode. Cela te fera plaisir sans doute?

— Grand plaisir, mon papa; vous êtes habile à deviner les désirs de votre fille. »

Et là-dessus, M. Leblanc détacha d'une

lettre un petit fragment de papier, et le mit dans sa tabatière.

Mais Casimir, frère aîné de Mathilde, avait entendu la promesse et observé le petit incident de la tabatière.

M. Leblanc alla travailler dans le jardin, et, comme il faisait chaud, il déposa son habit sur un banc que cachait un berceau de feuillage. Casimir se glissa furtivement sous le berceau, fouilla dans la poche de l'habit, prit la tabatière et en retira le papier. Puis il remit adroitement les choses à leur place. Il espérait que M. Leblanc oublierait ainsi sa promesse, et que Mathilde n'oserait la lui rappeler. C'est ce qui arriva.

L'action de Casimir était trois fois coupable : sa main, comme celle d'un espion, se glissait sournoisement dans la poche de son père; première faute. Il abusait d'une fâcheuse absence de mémoire, sorte d'infirmité à laquelle un bon fils eût compati et fût venu en aide; seconde faute. Enfin, cédant à une basse jalousie, il enlevait à sa sœur une récompense méritée; troisième faute que réprouvent la probité et la justice.

Peu de jours après, Casimir manqua grièvement au respect qu'un enfant doit à sa mère; et, pour le punir, M. Leblanc lui dit :

« J'attends, pour un des jours de cette semaine, mon ami Gérard avec sa femme et ses enfants. Tu peux compter que ce jour-là tu seras prisonnier dans ta chambre, et que ton dîner se composera de potage et d'un morceau de pain sec; pour le coup, je n'oublierai pas ma promesse. »

En disant cela, M. Leblanc mit, selon l'usage, un souvenir dans sa tabatière. Mathilde était présente, et ne pouvait s'empêcher de louer en elle-même la sévérité paternelle si justement excitée. Le soir même on reçut une lettre annonçant pour le lendemain l'arrivée de M. Gérard. Mathilde, encore plus prévenante que de coutume, accompagna son père à la promenade, lui cueillit des fraises sauvages, lui prépara un siége de mousse lorsqu'il voulut s'asseoir, lui fit raconter les histoires de sa jeunesse, et, le voyant heureux par les témoignages de sa tendresse, lui demanda en riant une prise de tabac. M. Leblanc ayant ouvert sa boîte par forme de plaisanterie, Mathilde prit entre deux doigts le morceau de papier, et dit à son père :

« Voilà mon tabac à moi ; vous savez bien, mon cher papa, que je n'en prends point d'autre. »

Mais M. Leblanc, comprenant l'intention de sa fille, lui ordonna de remettre le *memento* dans la tabatière. Mathilde, attristée de cette sévérité, imagina un nouvel artifice. Elle cultivait, sur sa fenêtre, un pied d'héliotrope ; une seule fleur était épanouie ; Mathilde la détacha, et profitant de l'instant où M. Leblanc puisait à son réservoir :

« Faisons un échange, lui dit-elle ; vous aimez à parfumer votre tabac avec la fleur de l'héliotrope, et moi je ne saurais me passer de ce petit morceau de papier que vous gardez si précieusement dans votre tabatière. »

Le père, désarmé par tant de bonté et de persévérance, n'eut plus le courage de résister. Casimir obtint son pardon.

Mais la mère, qui l'observait constamment avec une triste sollicitude, lui dit :

« Vois, mon ami, combien ta sœur vaut

mieux que toi. En aurais-tu fait autant à sa place? que ta conscience réponde.

— Ma sœur, dit Casimir, est heureuse, on l'aime mieux que moi; il lui est bien aisé avec cela d'être généreuse. »

Cette réponse était injuste et méchante : Mathilde n'avait jamais été l'objet de la moindre préférence; elle obtenait seulement les témoignages de tendresse qu'il est impossible de refuser à la douceur unie à un heureux ensemble de qualités aimables; encore ces témoignages étaient-ils fréquemment contenus par la crainte d'exciter l'humeur jalouse de son frère. Casimir, au contraire, était entouré des ménagements les plus délicats, tant on appréhendait d'aigrir sa bile ou de la faire déborder en l'agitant, ce qui eût été effectivement un mauvais moyen de le guérir. Père, mère, instituteur, n'appréhendaient rien tant que de se trouver dans la nécessité de sévir contre lui.

Mme Leblanc était, avec tout le monde, un ange de douceur. Elle résolut d'être encore plus angélique auprès de cet enfant désolant.

« C'est, disait-elle, un caractère dur

comme l'acier; on ne pourra le dompter qu'après l'avoir amolli à force de tendresse. »

Loin de s'irriter jamais contre Casimir, elle avait pour lui les plus douces paroles, les manières les plus insinuantes. Le reproche ne venait jamais qu'à l'instant le plus favorable, lorsque, la passion faisant silence, l'âme s'ouvre naturellement au repentir. La douce voix de cette bonne mère ressemblait à celle de la conscience même qui se réveille, aux heures du recueillement, triste et persuasive. Elle plaignait les fautes de son fils aussi tendrement que l'on plaint une souffrance imméritée. Le père s'était réservé la sévérité, mais seulement pour les occasions qui l'exigeaient absolument.

Cette lutte de la perversité contre la douceur patiente et affectueuse dura bien longtemps; mais enfin le mal fut vaincu. Casimir sentit toute l'étendue de la reconnaissance qu'il devait à sa mère, et il sembla vouloir donner à sa tendresse une ardeur d'autant plus vive que l'excellente femme en avait été plus longtemps privée.

Alors la tabatière paternelle n'admit plus que des souvenirs favorables de louanges à décerner ou de récompenses à offrir, et M. Leblanc ne retrouva plus dans sa courte mémoire aucune trace de ses peines passées.

LA MÉSANGE A LONGUE QUEUE

La mésange à longue queue est une des plus petites, sinon la plus petite que l'on connaisse; elle ne pèse que dix à douze grammes.

Colin et Alexis, pauvres bûcherons de chétive structure, rentraient ensemble à leur village après une pénible journée. Ils suivaient un étroit sentier dans une forêt cristallisée par les frimas et richement éclairée par la lune; l'astre bienveillant se dégageait en ce moment de la brume opaque et glacée qui avait attristé la fin du jour. Comme ils travaillaient loin de leur demeure, le crépuscule avait eu le temps de faire place à la nuit depuis l'heure tardive où les deux bûcherons avaient quitté leur ouvrage. Faibles l'un et l'autre, ils n'avaient qu'une bien petite part au salaire de chaque jour, et quand le travail venait à manquer, ils étaient les premiers à s'en apercevoir.

Ils se récriaient pour la dixième fois sur la rigueur de la température; ils enviaient au renard, être indépendant de cette forêt, sa demeure profonde et l'excellent habit que la nature a donné à lui et à ses petits; lorsque Colin, dont la vue était parfaite, remarqua sous l'abri des rameaux touffus une petite branche que le fardeau dont elle était chargée faisait ressembler à une brochette d'ortolans. Cela piqua sa curiosité; mais, au moment où il étendait doucement la main vers cet objet, il le vit s'éparpiller en un essaim de petits oiseaux qui disparurent à l'instant.

« Pauvres petits! dit Colin, je regrette d'avoir troublé leur sommeil; ils dormaient si amicalement sous l'abri de ce buisson!

Ce sont, je crois, des mésanges à longue queue.

— Précisément, dit Alexis; ce n'est pas la première fois que je vois semblable chose : ces oiseaux sont peut-être les plus petits de tous ceux qui partagent la rigueur de nos hivers; lorsqu'ils sentent que la nuit sera froide et rude à supporter, ils se réunissent ainsi côte à côte sur une même branche, et se serrent les uns les autres, pour mettre en commun le peu de chaleur qu'ils possèdent.

— Et c'est un bon exemple qu'ils nous donnent, reprit Colin. Si tous les hommes qui souffrent comme nous dans ce village malsain où le malheur nous rassemble savaient s'aimer et se soutenir mutuellement comme ces petits oiseaux, que de force, que de courage ils trouveraient dans cette union de leurs cœurs et de leur volonté; que de puissance contre l'injustice des méchants et contre leur propre découragement ! »

FIN

TABLE

7588. — TOURS, IMPR. MAME

www.ingramcontent.com/pod-product-compliance
Ingram Content Group UK Ltd.
Pitfield, Milton Keynes, MK11 3LW, UK
UKHW012239240726
13966UKWH00003B/1156

9 782013 656023